*21 Février 1881*

## Vente du Lundi 21 Février 1881

HOTEL DROUOT, SALLE N° 9

A DEUX HEURES

# OBJETS

## DE LA CHINE ET DU JAPON

Laques — Ivoires — Bronzes — Armes

Porcelaines — Faïences

## BOIS SCULPTÉS

ÉTOFFES

---

### EXPOSITION PUBLIQUE

Le Dimanche 20 Février 1881, de une heure à cinq heures

---

**M<sup>e</sup> Henri LECHAT** | **M. MARGELIDON**

COMMISSE-PRISEUR | EXPERT

Rue Baudin, 6 (square Montholon) | Boulevard Haussmann, n° 38

---

PARIS — 1881

V<sup>ve</sup> RENOU, MAULDE et COCK

IMPRIMEURS DE LA COMPAGNIE DES COMMISSAIRES-PRISEURS

Rue de Rivoli, 144

## CONDITIONS DE LA VENTE

———

Elle aura lieu au comptant.

Les Acquéreurs paieront CINQ POUR CENT, en sus du prix d'adjudication.

# DÉSIGNATION

---

## LAQUES

1 — Un grand Plateau carré en laque noir, dessin
  armoiries et fleurs laquées or.

2 — Un grand Plateau carré en laque noir; dessins
  fleurs en laque or, plusieurs tons.

3 — Grand Plateau en laque noir, rehaussé en relief
  d'un dessin laque et or, avec incrustations de
  nacre.

4 — Deux Panneaux en beau laque aventurine, motifs
  en laque et or, figures têtes en ivoire.

5 — Deux Panneaux en laque noir, l'un relief laque et
  or, l'autre en laque noir, deux tons. Pièces in-
  téressantes.

6 — Belle Boîte carrée en laque noir, à compartiments:
  décor de fleurs en laque d'or et métal.

7 — Boîte en laque noir, à pans arrondis; décor
  de chrysanthème laque d'or.

8 — Petit Plateau ovale en laque aventurine; décor
  laque d'or.

9 — Petite Boîte ronde en laque noir, motifs attributs laque or en relief. Pièce très fine.

10 — Petite Boîte à compartiments en bois de Stan; décor en relief laque d'or. Pièce ancienne.

11 — Plateau carré en laque aventurine; décor en relief fleurs et armoiries des Mikados, laque d'or. Pièce ancienne.

12 — Cabinet, dessin fleurs et coquillages en reliefs laque d'or. Pièce très fine.

13 — Petite Boîte ronde, à compartiments, en laque noir aventurine: décor arbustes et oiseaux laque d'or.

14 — Petite Boîte carrée, à compartiments, en laque noir, dessins arbustes laque or.

15 — Petite Boîte plate en bois naturel; décor en relief laque or. Ancienne.

16 — Petite Boîte à compartiments en laque aventurine; décor en relief chrysanthème laque or, incrustations nacre et métal; un double fond présente un décor très fin en laque d'or, avec incrustations. Pièce très ancienne.

17 — Petite Boîte carrée en laque noir: décor paysage laque d'or. Pièce très fine.

18 — Grande Boîte carrée à compartiments en laque aventurine, décor pivoines laque d'or.

19 — Petit cabinet en bois de Stan, recouvert en écaille, décoré très finement en laque d'or, garniture argent.

20 — Très belle Boîte forme mouvementée en vieux laque d'or, l'intérieur en laque aventurine, décor en relief fleurs laque d'or; pièce ancienne.

21 — Vieille Boîte laque d'or, forme coquille, dessin en relief, fleurs et arbustes laqués or, à l'intérieur un petit plateau en laque noir, décor iris en relief laque d'or.

22 — Petite Boîte ronde en laque d'or, décor en relief représentant un chrysanthème; pièce très fine.

23 — Vieille Boîte en laque de Pékin, décor en relief; pièce ancienne.

24 — Boîte à médecine en laque d'or, décor en relief, fleurs et oiseaux en laque d'or, pièce ancienne.

25 Boîte à médecine en laque fond noir, décor laqué d'or en relief très fin; pièce signée, très ancienne.

26 — Boîte à médecine en laque d'or, décor arbustes; pièce signée, ancienne.

27 — Boîte à médecine, laque fond noir aventuriné, décor en relief: un coq et une poule dans un paysage laqué d'or; pièce signée, très intéressante.

28 — Très belle Boîte à médecine en laque d'or; le décor en relief est très fin et représente deux acteurs; pièce signée, ancienne.

29 — Pinceau en laque de Pékin; pièce ancienne.

30 — Boîte en bois naturel à pans arrondis, décor en
relief, feuillage et fleurs laque d'or.

31 — Boîte en laque noir à pans arrondis, décor en
relief, vases et fleurs, laque d'or.

32 — Boîte en laque noir, décor attributs en relief, laqués d'or,

33 — Boîte à forme mouvementée bambou, décor en
relief laqué or.

34 — Belle Boîte en laque d'or aventurine, décor arbustes et armoiries; un petit Plateau reproduit
le même décor; pièce ancienne.

35 — Petit Plateau laque noir, décor en relief arbuste;
pièce ancienne, très intéressante.

36 — Petit Plateau en bois naturel laqué, dessin en
relief laqué or et incrustations.

37 — Petite Boîte en ivoire, le décor en relief, nacre et
métal représente un éléphant portant une
fleur.

———

## IVOIRES

38 — Petit Pi-tong ivoire, décor fleurs et arbustes en
laque d'or.

39 — Petit Pi-tong ivoire, décor fleurs et arbustes en
laque d'or.

40 — Petit Pi-long ivoire, personnages finement sculp-
tés, dessins arbustes laque or.

41 — Petite Boîte ivoire, décor arbustes laque or;
pièce ancienne.

42 — Étui ivoire sculpté en relief; pièce signée, très
ancienne.

43 — Coupe en corne de rhinocéros, décor arbustes en
relief, pièce ancienne.

44 — Étui en bois naturel très finement sculpté en relief; pièce ancienne.

45 — Petite Boîte ivoire, décor laque d'or; pièce ancienne.

46 — Boîte à médecine ivoire, très finement sculptée
en relief; pièce ancienne.

47 — Boîte à médecine très finement sculptée en laque
noir sur fond laque de Pékin; pièce signée,
très ancienne.

48 — Masque ancien.

49 — Masque ancien, signé.

## BRONZES

50 — Jardinière en bronze, décor chrysanthème; pièce
signée, très ancienne.

51 — Petit Brûle-Parfums bronze, les pieds sont formés
par deux chiens Fô; pièce ancienne.

52  Brûle-Parfums en bronze, forme fruit, très belle
    de patine ; pièce signée Hidji.

53 — Grand Brûle-Parfums en bronze, le couvercle est
    très finement ciselé à jour ; quatre motifs for-
    ment relief sur les côtés ; cette pièce est signée
    et très ancienne,

54 — Vase en bronze, très joli décor, paysage en relief ;
    pièce très fine.

55 — Brûle-Parfums en bronze, forme bateau ; pièce
    originale et ancienne.

56 — Applique bronze ; pièce très ancienne.

57 — Vase en bronze ancien, pièce chinoise, d'un très
    joli décor, monté sur son pied de bois de
    fer.

58 — Vieille Théière en fer, décor en relief fleurs et
    insectes argent et or ; cette pièce, très finement
    ciselée, est signée.

59 — Groupe en bronze représentant le Dieu de la bonté
    avec deux enfants ; pièce ancienne.

60 — Jardinière bronze, très joli décor ; pièce signée,
    splendide patine.

61 — Grenouille en bronze ; pièce ancienne.

62 — Une paire d'étriers en bronze, niellure fleurs et
    fruits argent ; pièce signée et ancienne.

63 — Petit Bronze, pièce d'étagère, ancienne.

64 — Vase en bronze ancien, pièce chinoise ancienne très belle patine, décor niellé or.

65 — Encrier en bronze, niellé argent; pièce ancienne.

66 — Statuette en bronze ancien.

67 — Gong en bronze ancien, pièce chinoise.

68 — Brûle-Parfums en bronze ancien. Pièce chinoise montée sur son pied en bois de fer.

---

## ARMES

69 — Douze vieilles Gardes d'épées (Sera divisé).

70 — Douze vieilles Gardes d'épées (Sera divisé).

71 — Douze Gardes d'épées anciennes (Sera divisé).

72 — Six Gardes d'épées anciennes (Sera divisé).

73 — Garde de sabre (Tête en relief), pièce niellée or et argent, signée, très ancienne.

74 — Garde de sabre en bronze; décor en relief, personnages et dragons, niellés or et argent, pièce ancienne.

75 — Garde de sabre; le décor en relief, très puissant, or et argent, représente des fleurs et un tigre.

76 — Six Manches de couteaux (Sera divisé).

77 — Six Manches de couteaux (Sera divisé).

78 — Six Manches de couteaux (Sera divisé).

79 — Paire de Sabres japonais en bronze ancien.

80 — Paire de Sabres japonais en bronze ancien, fourreau laqué.

81 — Six Sabres japonais anciens (Sera divisé).

82 — Poignard japonais ancien, belle qualité, armature en bronze niellé.

83 — Poignard très ancien, garniture en bronze.

84 — Poignard ancien, fourreau très finement travaillé, armature en bronze.

85 — Fusil en fer, pièce ancienne.

86 — Pistolet japonais.

87 — Petit Pistolet de poche japonais.

88 — Fer de lance, pièce ancienne.

89 — Vieille Lame de poignard japonais, pièce ancienne.

90 — Quatre Neskés en bois, signés, pièces anciennes.

91 — Quatre Neskés en bois, signés, pièces anciennes.

92 — Quatre Neskés en bois, signés, pièces anciennes.

93 — Quatre Neskés en bois, signés, pièces anciennes.

94 — Deux Neskés en bois et buffle.

95 — Horloge japonaise, pièce ancienne.

96 — Chandelier en fer niellé, pièce ancienne.

97 — Miroir en bronze ancien.

---

# PORCELAINES

98 — Vieux Pot à compartiments en faïence de Kozan ; très beau décor en relief, émaux bleus et jaunes ; avec son pied.

99 — Shibashi en faïence de Nincé.

100 — Jardinière en Bishin ; décor en relief bleu et blanc.

101 — Plat en Koutani, pièce ancienne.

102 — Vieux Pot en porcelaine d'Imari, ancien.

103 — Coupe en vieille terre de Kioto.

104 — Petit Écran en porcelaine de Seidji.

105 — Théière en faïence de Satzuma.

106 — Bol en porcelaine d'Imari, pièce ancienne.

107 — Tasse en vieille terre de Kioto.

108 — Petit Plateau en vieux craquelé.

109 — Petit Vase à jour en vieille porcelaine de Nincé.

110 — Théière en faïence de Satzuma; décor de personnages et fleurs.

111 — Pot en porcelaine d'Imari, monté sur son pied en bois de fer.

112 — Pot avec son couvercle en faïence de Tokio: décor à personnages, très fin.

113 — Petit Écran en porcelaine de Shirato. Pièce ancienne.

114 — Aiguière en faïence de Banko; décor arbustes et fleurs.

115 — Tasse en faïence de Satzuma.

116 — Tasse en faïence de Satzuma; décor attributs et fleurs, pièce très finement décorée.

117 — Bol en faïence de Nincé.

118 — Théière en faïence de Satzuma: décor à fleurs, pièce très fine.

119 — Brûle-Parfums en faïence de Nincé, pièce intéressante.

120 — Très belle Tasse en faïence de Satzuma, le décor en relief représente un prêtre agitant une cloche et le dragon sacré. Pièce très fine et très intéressante.

121 — Tasse en faïence de Kioto; décor bleu.

122 — Masque en faïence de Maïko.

123 — Bouteille à Saki (eau-de-vie de riz), en vieille porcelaine d'Imari.

124 — Vase chinois en porcelaine de Seidji.

125 — Vase en terre de Hizen.

126 — Théière chinoise; décor de personnage.

127 — Boîte en porcelaine d'Imari, très belle de décor, pièce intéressante.

128 — Deux Supports en porcelaine d'Imari.

129 — Plat en vieille terre de Kioto, pièce intéressante.

130 — Tasse en porcelaine d'Imari, ancienne; décor très fin.

131 — Trois petites Coupes en vieille faïence d'Avadji.

132 — Deux petites Coupes en vieille porcelaine d'Owari.

133 — Petite Tasse en vieux grès de Kioto.

134 — Petit Plat en faïence de Banko.

135 — Bol en Bishin, pièce ancienne.

136 — Statuette en terre de Banko.

137 — Statuette en grès de Kishin, pièce intéressante.

138 — Statuette (Hotéi Tamba).

139 — Bonbonnière en Satzuma; décor oiseaux et fleurs.

# ÉTOFFES




Vᵉˢ Renou, Maulde et Cock, imprˢ de la Compagnie des Commissaires-Priseurs,
rue de Rivoli, 144.        15405

RED. :

21



graphicom

0 1 2 3 4 5 6 7 8 9 10